CHANSONS

DE

P.-J. DE BÉRANGER.

Saint-Denis.—Impr. de Constant-Chantpie.

CHANSONS

DE

P.-J. DE BÉRANGER.

SUPPLÉMENT.

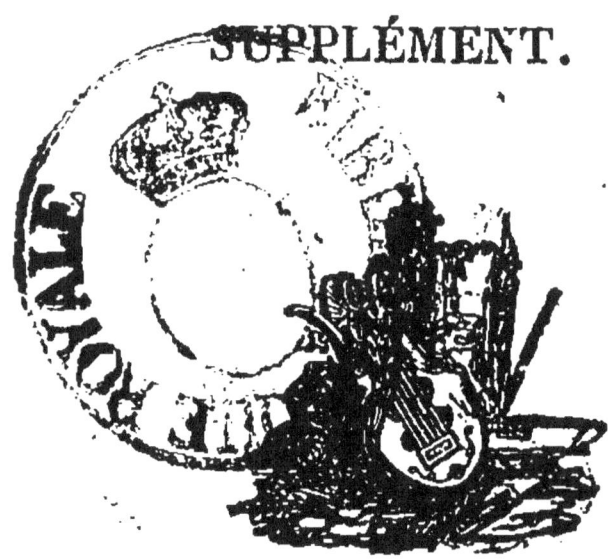

PARIS.

CHEZ LES MARCHANDS DE NOUVEAUTÉS

1832.

CHANSONS

INÉDITES.

LE SACRE
DE CHARLES LE SIMPLE.

Charles III, dit le Simple, l'un des successeurs de Charlemagne, fut d'abord évincé du trône par Eudes, e de Paris. Il se réfugia en Angleterre, puis en . agne. Mais à la mort d'Eudes (en 898), les sei- eurs et les évêques français s'étant rattachés à Charles, ui rendirent la couronne, qu'il perdit enfin, lorsque trahi par Hébert, comte de Vermandois, il fut empri- sonné à Péronne, où il mourut en 924.

AIR : Du beau Tristan, de BEAUPLAN.

Français, que Reims a réunis,
Criez : Montjoie et Saint-Denis !
On a refait la sainte ampoule,
Et, comme au temps de nos aïeux.
Des passereaux lâchés en foule
Dans l'église volent joyeux.
D'un joug brisé ces vains présages
Font sourire sa majesté.
peuple s'écrie : Oiseaux, plus que nous soyez sages
Gardez bien, gardez bien votre liberté. (bis.)

Puisqu'aux vieux us on rend leurs droits,
Moi, je remonte à Charles Trois.

Ce successeur de Charlemagne
De simple mérita le nom.
Il avait couru l'Allemagne,
Sans illustrer son vieux pennon.
Pourtant, à son sacre on se presse
Oiseaux et flatteurs ont chanté.
Le peuple s'écrie : Oiseaux, point de folle allégresse!
Gardez bien, gardez bien votre liberté.

Chamarré de vieux oripeaux,
Ce roi, grand avaleur d'impôts,
Marche entouré de ses fidèles,
Qui tous en des temps moins heureux,
Ont suivi les drapeaux rebelles
D'un usurpateur généreux.
Un milliard les met en haleine :
C'est peu pour la fidélité.
Le peuple s'écrie: Oiseaux, nous payons notre chaine
Gardez bien, gardez bien votre liberté.

Aux pieds de prélats cousus d'or
Charles dit son CONFITEOR.
On l'habille, on le baise, on l'huile,
Puis, au bruit des hymnes sacrés,
Il met la main sur l'Evangile.
Son confesseur lui dit : « Jurez :
« Rome, que l'article concerne,
« Relève d'un serment prêté. »
Le peuple s'écrie : Oiseaux, voilà comme on gouverne
Gardez bien, gardez bien votre liberté.

De Charlemagne, en vrai luron,
Dès qu'il a mis le ceinturon,
Charles s'étend sur la poussière.
Roi ! crie un soldat, levez-vous !
« Non, dit l'évêque ; et, par Saint-Pierre,
« Je te couronne ; enrichis-nous.
« Ce qui vient de Dieu vient des prêtres.
« Vive la légitimité ! »
Le peuple s'écrie : Oiseaux, notre maître a des maîtres
Gardez bien, gardez bien votre liberté.

Oiseaux, ce roi miraculeux
Va guérir tous les scrofuleux.
Fuyez, vous qui, de son cortége
Dissipez seuls l'ennui mortel :
Vous pourriez faire un sacrilége
En voltigeant sur cet autel.
Des bourreaux sont les sentinelles
Que pose ici la piété.
Le peuple s'écrie : Oiseaux, nous envions vos ailes.
Gardez bien, gardez bien votre liberté. (bis.)

LES INFINIMENT PETITS

ou

LA GERONTOCRATIE.

Air : Ainsi jadis un grand prophète.

J'ai foi dans la sorcellerie.
Or un grand sorcier l'autre soir,

Me fit voir de notre patrie
Tout l'avenir dans un miroir,
Quelle image désespérante!
Je vois Paris et ses faubourgs;
Nous sommes en dix-neuf cent trente
Et les barbons règnent toujours.

Un peuple de nains nous remplace.
Nos petits-fils sont si petits,
Qu'avec peine dans cette glace,
Sous leurs toits je les vois blottis:
La France est l'ombre du fantôme
De la France de mes beaux jours.
Ce n'est qu'un tout petit royaume;
Mais les barbons règnent toujours.

Combien d'imperceptibles êtres!
De petits jésuites bilieux!
De milliers d'autres petits prêtres
Qui portent de petits bons dieux!
Béni par eux, tout dégénère:
Par eux la plus vieille des cours
N'est plus qu'un petit séminaire;
Mais les barbons règnent toujours.

Tout est petit, palais, usines,
Sciences, commerce, beaux arts.
De bonnes petites famines
Désolent de petits remparts.
Sur la frontière mal fermée,
Marche, au bruit de petits tambours
Une pauvre petite armée:
Mais les barbons règnent toujours.

Enfin le miroir prophétique,
Complétant ce triste avenir,
Me montre un géant hérétique,
Qu'un monde a peine à contenir
Du peuple pygmée il s'approche
Et, bravant de petits discours.
Met le royaume dans sa poche
Mais les barbons règnent toujours

L'ANGE GARDIEN.

Air : Jadis un célèbre empereur.

A l'hospice, un gueux tout perclus
Voit apparaître son bon ange;
Gaîment il lui dit : Ne faut plus
Que votre altesse se dérange.
Tout compté, je ne vous dois rien:
Bon ange, adieu; portez-vous bien.

Sur la paille né dans un coin,
Suis-je enfant du Dieu qu'on nous prêche
Oui, dit l'ange; aussi j'eus grand soin
Que ta paille fût toujours fraîche.
Tout compté je ne vous dois rien :
Bon ange, adieu; portez-vous bien.

Jeune et vivant à l'abandon,
L'aumône fut mon patrimoine.
Oui, dit l'ange, et je te fis don
De trois besaces d'un vieux moine.

Tout compté, je ne vous dois rien :
Bon ange, adieu ; portez-vous bien.

Soldat bientôt, courant au feu,
Je perdis une jambe en route.
Oui, dit l'ange ; mais avant peu,
Cette jambe aurait eu la goutte.
Tout compté, je ne vous dois rien :
Bon ange, adieu ; portez-vous bien.

Pour mes jours gras, du vin fraudé
Mit le juge après mes guenilles.
Oui dit l'ange ; mais je plaidai :
Tu ne fus qu'un an sous les grilles.
Tout compté, je ne vous dois rien :
Bon ange, adieu ; portez-vous bien.

Chez Vénus j'entre en marodeur;
C'est tout fruit vert que j'en rapporte,
Oui, dit l'ange ; mais par pudeur,
Là je te quittais à la porte.
Tout compté, je ne vous dois rien :
Bon ange, adieu ; portez-vous bien.

D'un laidron je deviens l'époux,
Priant qu'il ne soit que volage.
Oui, dit l'ange, mais nul de nous
Ne se mêle de mariage.
Tout compté, je ne vous dois rien :
Bon ange, adieu ; portez-vous bien.

Vieillard affranchi de regrets,
Au terme heureux enfin atteins-je ?

Oui, dit l'ange, et je tiens tout prêts
De l'huile, un prêtre et du vieux linge,
Tout compté, je ne vous dois rien:
Bon ange, adieu: portez-vous bien.

De l'enfer serai-je habitant,
Ou droit au ciel veut-on que j'aille?
Oui, dit l'ange; ou bien non, pourtant.
Crois-moi, tire à courte paille.
Tout compté, je ne vous dois rien:
Bon ange, adieu; portez-vous bien.

Ce pauvre diable ainsi parlant
Mettait en gaîté tout l'hospice.
Il éternue et, s'envolant,
L'ange lui dit: Dieu te bénisse
Tout compté, je ne vous dois rien:
Bon ange, adieu: portez-vous bien.

COUPLETS

SUR UN PRÉTENDU PORTRAIT DE MOI MIS EN TÊTE
D'UNE ÉDITION DE MES CHANSONS (1826). ✱

AIR: Je loge au quatrième étage.

Petit portrait de fantaisie,
Mis en tête de mon recueil,
Penses-tu que par courtoisie

✱ Ce portrait est le même que celui que j'ai rencontré
quelquefois chez les marchands de caricatures.

Le monde entier te fasse accueil? (bis)
Tu peux te parer, si tu l'oses,
D'un laurier modeste et discret ;
Tu peux te couronner de roses :
Non, non, tu n'es pas mon portrait. (bis)

Jamais je ne me suis fait peindre ;
Mais qui donc représentes-tu ?
Peut-être un cafard qui sait feindre
Jusqu'au charme de la vertu ;
Un petit saint, pétri de ruse,
Qu'à Montrouge on encenserait.
La bonne enseigne pour ma muse!
Non, non, tu n'es pas mon portrait.

Ou serais-tu l'auteur tragique
Qui calcula, rima, lima
Maint rôle bien académique,
Qu'en vain a réchauffé Talma ?
Quoi! parer d'une noble image
Mes petits vers de cabaret!
Pour l'alexandrin quel outrage !
Non, non, tu n'es pas mon portrait.

Dans ton masque à mine pincée,
Est-ce un vil censeur que je vois,
Rat de cave de la pensée,
Qu'il confisque au profit des rois?
J'ai de la fraude en pacotille,
Qu'à la barrière on saisirait :
Tu me tiendras lieu d'estampille.
Non, non, tu n'es pas mon portrait.

Mais ta laideur serait la mienne.
Que ta gloire y gagnerait peu,
Crains même qu'un prêtre ne vienne
Saintement te livrer au feu.   (bis)
Dans l'avenir je devrais vivre,
Que de toi l'on se passerait :
Je suis bien mieux peint dans ce livre.   (bis.)
Non, non, tu n'es pas mon portrait.

LE GRENIER.

AIR : Du carnaval de MEISSONNIER.

Je viens revoir l'asile où ma jeunesse,
De la misère a subi les leçons.
J'avais vingt ans, une folle maîtresse.
De francs amis et l'amour des chansons.
Bravant le monde, et les sots et les sages,
Sans avenir, riche de mon printemps,
Leste et joyeux je montais six étages,
Dans un grenier qu'on est bien à vingt ans!

C'est un grenier, point ne veux qu'on l'ignore.
Là fut mon lit, bien chétif et bien dur ;
Là fut ma table ; et je retrouve encore
Trois pieds d'un vers charbonnés sur le mur.
Apparaissez, plaisirs de mon bel âge,
Que d'un coup d'aile a fustigés le temps.
Vingt fois pour vous j'ai mis ma montre en gage,
Dans un grenier qu'on est bien à vingt ans!

Lisette ici doit surtout apparaître,
Vive, jolie, avec un frais chapeau :

Déjà sa main à l'étroite fenêtre
Suspend son schal, en guise de rideau.
Sa robe aussi va parer ma couchette;
Respecte, Amour, ses plis longs et flottans.
J'ai su depuis qui payait sa toilette.
Dans un grenier qu'on est bien à vingt ans!

A table un jour, jour de grande richesse,
De mes amis les voix brillaient en chœur
Quand jusqu'ici monte un cri d'allégresse:
A Marengo, Bonaparte est vainqueur.
Le canon gronde: un autre chant commence;
Nous célébrons tant de faits éclatans.
Les rois jamais n'envahiront la France.
Dans un grenier qu'on est bien à vingt ans!

Quittons ce toit où ma raison s'énivre.
Oh! qu'ils sont loin ces jours si regrettés!
J'échangerais ce qu'il me reste à vivre
Contre un des mois qu'ici Dieu m'a comptés
Pour rêver gloire, amour, plaisir, folie,
Pour dépenser sa vie en peu d'instans,
D'un long espoir pour la voir embellie,
Dans un grenier qu'on est bien à vingt ans!

LE CHAPEAU DE LA MARIÉE.

AIR :

Demain engagez votre foi;
A l'église allez sans scrupule!
Fille trompeuse, oubliez-moi
Pour un époux riche et crédule.

Des roses qui naissaient pour lui,
La dîme à tort me fut payée ;
Mais en retour j'offre aujourd'hui
Le chapeau de la mariée.

Acceptez ces fleurs d'oranger ;
Qu'à votre voile on les attache.
Sous le joug fier de se ranger,
Que l'époux dise : Elle est sans tache.
L'Amour se plaint, mais c'est tout bas :
Mais par vous la Vierge est priée.
Allez, on n'arrachera pas
Le chapeau de la mariée.

Quand vos sœurs se partageront
Ces fleurs qu'on dit d'heureux augure,
Les garçons vous deroberont
Une plus secrète parure.
La jarretière, pensez-y !
Chez moi vous l'avez oubliée.
Me faudra-t-il la joindre aussi
Au chapeau de la mariée ?

La nuit vient ; vous poussez deux cris,
Imités de ce cri si tendre
Qu'un jour, au cœur le plus épris,
Votre innocence a fait entendre.
Le lendemain, l'époux cent fois,
Raconte à la noce égayée
Que l'Hymen s'est piqué les doigts
Au chapeau de la mariée.

Le voilà trompé, ce mari !
Ah ! qu'il le soit bien plus encore.

Dieu ! quel fol espoir m'a souri ,
Quand pour lui l'autel se décore
Malgré le prêtre et ton serment ,
Oui, par tes pleurs justifiée,
Tu viendras payer à l'amant
Le chapeau de la mariée.

LA MÉTEMPSYCOSE.

Air : Du vaudeville de la Robe et des Bottes.

Grand partisan de la métempsycose,
En philosophe, hier, sur l'oreiller,
De mes penchans pour connaître la cause
J'ai mis mon âme en train de babiller.
Elle m'a dit : Tu me dois un beau cierge,
Car sans mon souffle au néant tu restais ;
Mais jusqu'à toi je n'arrivai point vierge.
    — Ah ! mon âme, je m'en doutais,   (bis.)
    Je m'en doutais, je m'en doutais.

Je m'en souviens, oui, dit-elle, humble lierre ,
J'ai couronné jadis des fronts joyeux.
Puis, échauffant plus subtile matière,
Petit oiseau , je saluai les cieux.
Dans le bocage, auprès des pastourelles ,
Je voltigeais , je sautais, je chantais ;
L'indépendance agrandissait mes ailes.
    — Ah ! mon âme, je m'en doutais,
    Je m'en doutais, je m'en doutais.

Je fus Médor , des chiens le plus habile,

Qui, d[...]eugle unique et sûr appui,
Entre [...]nts sut prendre une sébile.
Guider son maître et mendier pour lui.
Utile au pauvre, au riche sachant plaire
Pour nourrir l'un. chez l'autre je quêtais
J'ai fais du bien, puisque j'en ai fait faire.
   — Ah ! mon âme, je m'en doutais,
   Je m'en doutais, je m'en doutais.

Puis j'animai la beauté d'une fille.
Que j'étais bien dans ma douce prison !
Mais de mon gîte on s'empare, on le pille ;
Tous les amours y mettent garnison.
En vrais soulards ils y faisaient esclandre ,
   Et jour et nuit, du coin que j'habitais,
A la maison je voyais le feu prendre.
   — Ah ! mon âme, je m'en doutais,
   Je m'en doutais, je m'en doutais.

Sur tes penchans que mon récit t'éclaire ;
Mais, dit mon âme, apprends aussi de moi
Qu'au ciel un jour ayant osé déplaire,
Pour m'en punir, Dieu m'enferma chez toi.
Veilles, travaux, artifices de femme,
Pleurs, désespoir, et des maux que je tais,
Font qu'un poète est l'enfer pour une âme.
   — Ah ! mon âme. je m'en doutais,   (bis)
   Je m'en doutais, je m'en doutais.

LES PAUVRES AMOURS.

Air : Jupiter un jour en fureur.

Trois douzaines de cupidons,
Qu'une actrice a mis sur la paille,
Hier mendiaient, et la marmaille
Les poursuivait de gais lardons.
Chez Lise ils frappent d'un air triste ;
Lise répond : Nous sommes sourds.
   Quoi ! vivrez-vous donc toujours,
   Vieux petits culs nus d'amours ?
     Allez, Dieu vous assiste !   (bis)

Partout en France on vous fourra.
Vous avez guindé la sculpture
Vous avez fardé la peinture,
Vous affadissez l'Opéra.
Des Anacréons j'ai la liste :
Ils encombrent ville et faubourgs.
   Vous les couronnez toujours,
   Vieux petits culs nus d'amours ;
     Allez, Dieu vous assiste !

Quittez votre Olympe en débris.
Que Mars, Phébus, Bacchus, Minerve,
Voguent avec vous de conserve
A Cnide remmenez Cypris.
Les Graces suivront à la piste.
Phébé guidera votre cours,
   Émigrez, mais pour toujours.
   Vieux petits culs nus d'amours ;
     Allez, Dieu vous assiste !

Emballez avec tous vos dieux,
Flore et l'Aurore aux doigts de roses:
Par leur nom appelons les choses,
Les choses n'en plairont que mieux.
Mon cœur à l'amant qui persiste
Se rend bien sans votre secours:
        vous j'aimerais toujours,
Vieux petits culs nus d'amours:
    Allez, Dieu vous assiste !

En leur fermant la porte au nez,
Parlait ainsi la tendre Lise,
Quand près d'eux passe une marquise
Dont à peine ils sont les aînés.
La dame, quoique moraliste,
Leur dit : Rendez-moi mes beaux jours.
    Dans ma chambre et pour toujours,
    Chers petits culs nus d'amours *,
        Venez, Dieu vous assiste ! (bis.)

* On ne se scandalisera pas de certain mot placé
dans ce refrain, si l'on se rappelle que ce mot était em-
ployé par les dames de la cour avant la révolution, pour
désigner une mode du temps. Madame de Genlis raconte à ce sujet, dans ses Mémoires, une anecdote on ne
peut plus gaie.

A M. GOHIER,

DERNIER PRÉSIDENT DU DIRECTOIRE, QUI M'AVAIT
ADRESSÉ UNE CHANSON, DONT LE REFRAIN EST :

Fouette ! fouette !
Chante toujours ; ne t'endors pas.

1825.

Air : Du vaudeville des Chevilles du maître Adam

Oui, je dormais sur un petit volume,
Qui me vaudra d'être encore étrillé,
Lorsqu'en flatteur, le bout de votre plume,
Me chatouillant, m'a soudain réveillé.
Je me suis dit : C'est présage céleste ;
Les mauvais jours seraient-ils donc passés ?
Car je ne sais si quelque fouet nous reste.
Mais jusqu'ici c'est nous qu'on a fessés.

Tout gai frondeur, semant le ridicule,
Ne peut, chez nous, qu'en recueillir du mal.
Notre empereur portait longue férule ;
Puis est venu le martinet royal ;
Et puis le knout, et puis les fils d'Ignace,
Dont tous les fouets contre nous sont dressés.
Dieu soit béni ! mais, s'il ne nous fait grâce,
Les chansonniers seront toujours fessés.

www.ingramcontent.com/pod-product-compliance
Lightning Source LLC
Chambersburg PA
CBHW061508170626
46811CB00004B/1659